기억의 온도

기억의 온도

초판인쇄 | 2024년 11월 05일
초판발행 | 2024년 11월 10일

지 은 이 | 최애숙
펴 낸 이 | 배재경
펴 낸 곳 | 도서출판 작가마을
등　　록 | 제 2002-000012호
주　　소 | 부산시 중구 대청로141번길 3, 501호 (중앙동, 다온빌딩)
T. 051)248-4145 F. 051)248-0723 E. seepoet@hanmail.net

ISBN 979 - 11 - 5606 - 267 - 7 03810 정가 10,000원

※ 본 도서는 2023년 한국예술인복지재단의 창작디딤돌사업을 지원받았습니다.

한국예술인복지재단

기억의 온도

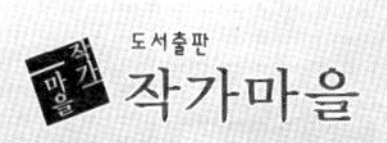

시인의 말

오래 보듬고 있었던 풍경들
별 좋은 날
조용히 꺼내놓았다.

지나간 것들은
지나갔으므로 또 좋았다.

맑으면 맑은대로
흐리면 흐렸던 대로

2024. 가을.

차례 _ 최애숙 시집

1부

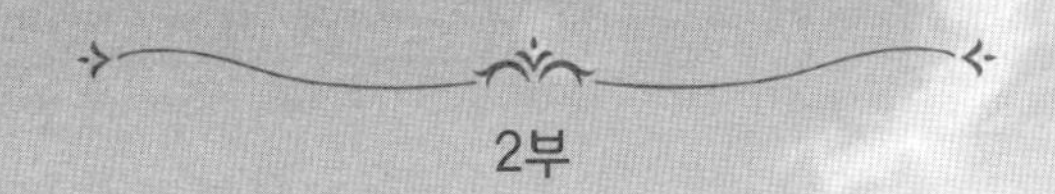

2부

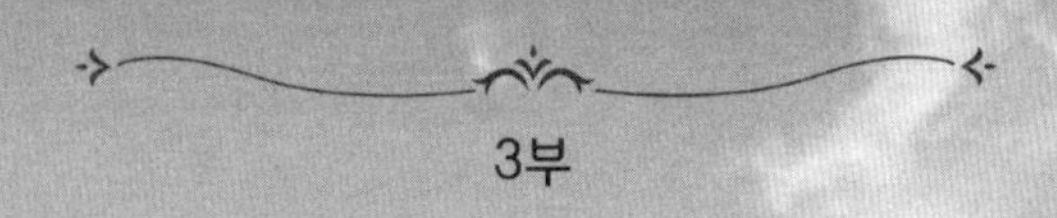

3부

4부

기억의 온도
최애숙

01

어딘가 그 사람이 다시 핍니다

운무 짙은 바다 노란 갓꽃 안기우고
너울 속, 너를 꿈꾼다
샐녘 찬 이슬에 멍든 사진들
푸르고 더 고파지는 기억은
오늘도 예외 없이 센서를 켜고

너덜거리는 발밑 낯선 들풀만 봐도
혹시 그 모습 빌려 왔을까
주저앉아 그 흙에 귀 눠어보고
두근대는 심장 소리 알개미 날아갈까
내뱉지 못한 한숨, 멀미를 한다

잎만 가득 허허롭던 화분 속 어린 치자
언제인지 모르게 불쑥 나온 꽃 한 송이
주인 잃은 창틀에 햇살 모아 앉혀 놓고
닮은 한 곳 있을까
종일 시리도록 눈 맞춘다

아침이 쓰는 詩

되직하고 부드러운 쌀밥 냄새
하얀 먼동을 뒤집어쓰고
터져버린 세멘트 바닥 사이
가늘게 스며든 아침 한 줄
오래된 골목이 하루를 쓴다

밤새 쫓겨난 이유를 알 수 없어
날을 꼬박 새운 낡은 의자
빛바랜 패브릭 쿳션 위로
소리 없이 올라앉은 어린 길냥이
뜬눈이 데려온 아침에 얼굴을 묻는다

골목을 마주한 알루미늄 대문들이
하나둘 기지개를 켜고
어제도 혼자서 잠들었을 오랜 고독들
깊숙이 파인 주름 속으로
서둘러 아침을 들인다

그냥, 우두커니

누군가의 간절함이 건져 올린 오늘
멀찍이 보고 섰던 하늘
그저 말없이 곁이 되어준다

평소보다 일찍 켜진 간판
진저리를 치듯 물기를 털어대는 목줄 없는 개
눈치 없이 불어온 바람 한 줄에 속 보인 KF94
짧은 횡단보도 위에서 마감한 우산의 최후까지
여름도 기가 찬지 그냥 우두커니 볼밖에

긴 장마가 할퀴고 간 가난한 저녁
어느 집 갈치 조린 냄새
초라한 미소가 목구멍에 걸렸다
그래도 배는 고프고

어스름에 취해서
그냥 누군가로 저물어
그렇게 하루, 묻어가고 싶은 날

오월에 내리는 눈

새벽부터 늦은 밤까지 천지가
너로 인해 두근거린다

고슬고슬 뜸 잘든 하얀 쌀밥 고봉으로
시장한 아침거리가 넉넉해지고
그 풍요에 점쳐보는 내일도
하얗게 눈부실 만발이다

우아한 너의 경호를 받은 거리는
출근길 아침을 설렘으로 바꾸는
신비한 매직카드의 환승

네가 좋아 하얀색이 좋은지
흰색을 좋아해서 네가 더 좋은지는
알 수 없지만, 넌 너로
이보다 더 좋을 순 없는 오월이다

속 깊은 너의 향을 찾느라 두리번거리는 오후
손가락 사이 초록은 아릴 만큼 시리고
가슴은 하늘을 끌어다 정박시킨다

흰 이팝나무 꽃 새벽이 내릴 때부터
너로 인해 행복할 풍경을 예감했었다

다시 봄

2월이 떠난 산사의 오후
아기 속살처럼 달달하다

사연 많은 하늘, 한껏 끌어안고
내 속까지 비춰볼 듯 아직 어린 개울

너무 고와 담근 손
덜 녹은 겨울 한주먹 건져 올렸다

까만 밤 끝에 서서 별이 보일 듯 말 듯
거기도 겨울의 끝은 아니었나보다

몸이 알아차려도 하는 수 없다
이젠 봄이고 싶다

남아 있어도 그저 무심한 채
그냥 오늘부터 봄 해야겠다

나의 사랑 나의 글마

몇 발 총총 걷고 뒷다리가 쭈욱
또 몇 걸음 떼어 놓더니 결국 벌러덩
그랬던 글마가 나보다 더 어른이란다

삼양라면 봉지 속에 넣어 준
내 새끼손가락은 엄마 빈 젖이 되고
그렇게 전부처럼 되었지 네가, 내가

까만 바둑알 같은 네 눈 속에 날 가두면
털지 못한 하루를 알아차리기라도 한 듯
뽀송뽀송한 눈빛으로 나직이 읽어주던 울적

하늘로 향한 똥배와 네 발 벌린 휴식
너의 순간들로 넘쳐났던 사랑들
스마트폰 카톡 소리에 팝콘처럼 튀어 올라
뭐가 분했던지 밤새 응얼거리던 잠꼬대

언제부턴가 내 눈에만 담는 네가 아까워
함께 한 날들보다 더 많은 사진을 남긴다

고개가 세차게 흔들릴 그 날을 짐작하기에
네가 보고 플 또 다른 날들을 위해

슬픔의 밀도

지난여름, 다 타버린 풍경 위로
바삭, 마른 별이 부서진다
버거움으로 남겨진 자국
계절의 눈치를 살피며
무성한 그늘의 잎들을 추월해간다

시간이 아쉬운지 온 길을 잊었는지
여름은 아직 한낮의 꼭대기를 잡고 있다

물기 없는 한숨에도 가을이 너덜거리고
학교 앞 과속 방지턱
갈색 이파리가 눌러앉았다
가을이 슬픈 까닭이다

구겨진 종이컵처럼 길 위의 오후가 쓸쓸하고
해를 삼킨 저녁
이제야 무릎 까진 가을을 쏟아낸다

나도 엄마처럼

절레절레 고개가 흔들렸던
모두를 다 태울 듯이 시뻘겋게 퍼붓던 그 볕이
투덜대며 흩날리던 어제 그 비에 겨우?
잡아뗀 시치미에 표정이 개구지다

늙은 여름은 천천히 조심조심
옆으로 비켜서서 잘 토닥여 보내는 거라던
친정엄마는 그해도 깡 마르셨지
여름도 원래 늦더위가 무섭다시며

여름이 무서워진 나는
하루아침에 얼굴을 바꿔버린
늙은 여름의 비위를 건드리지 않는다
그저 엄마처럼 절레절레 고개만 흔들 뿐

하얀 두 볼이 빨갛게 익어 쓰라려도
내 동무같이 부비부비 그냥 좋았던
어린 여름을 아직 기억하는데
이젠 엄마처럼 나도 늙은 여름이 무서워

내 안에서 시작되는 봄

핼쑥해진 거리에
시나브로 살이 차오르고

해묵은 고요를 뒤집어쓴 채
다시 오마던 널 마중한다

회색과 연두 사이
그 어디 즈음에선가

잊혀진 것들은 무시로
널 만날 채비를 하고

건너편 신호등에 멈춘 익숙한 눈빛
한줄 날카로움으로 번뜩이는 너

나도 모르게 너다 싶어
잠시 나부껴 보는데

살갗을 파고 훅 – 들어온 너
세월을 이길까 애써 눈을 맞춘다

그래 봄날엔 역시
사람 눈빛이 제철이다

사랑은 2박 3일

아들이 왔다
싱거운 미소 옆에 묻혀온 꿀은 덤
수육을 삶았다
냄새가 기가 막히다
날씨 탓인지 냄새 탓인지
보리 꼬리가 아침부터 분주하다

문 앞에 상품을 두었다는 택배 문자
감사하단 인사 뒤에 하트 뿅뿅을 날렸다♡♡
택배 아저씨 문자가 왔다
감사합니다~~♡♡♡

스물두 살 아들의 이부자리를 개는데
봄이 콧망울 속으로 들어왔다
샤워를 끝내고 거울 앞에 선 아들
잔득 멋을 부려도 여전히 미운 네 살
하얀 이를 내보이며 오전이 지나가고
욕실 앞엔 소리 없이 널브러진 뱀 허물들

저녁엔 뭘 해줄까를 딱 두 번 물었다
한 번 더 물을까 하다가 거기까지였다

봄볕에 꾸벅대는 보리를 끌어안으며
나지막한 목소리로 속삭거린다
"딱 2박 3일이 좋아"

오후의 햇살, 아마 거기서부터

정류소 옆 횡단보도 건너편
아마 거기서부터

깊숙하고 은은한
금새 심장을 관통할 것 같은
날카로운 유혹

너와 마주친 순간부터
천천히 천천히 그 홀림에
벗어날 수 없는 애절한 눈길

감으면 감을수록 깊어지는 너

버스를 타고 집으로 오는 오후 내내
너로 인해 눈부신 내가 되지만....

우리는 오늘도 여기까지만

이별의 시작은 함부로 너를 바라본 죄
높은 아파트 외벽과 널 기다리는 시간들
아마 거기까지가

변덕

베란다 틈새로
철없는 가을이 기웃댄다
두어 차례 혹독한 태풍에 휘청거리더니
작은 소슬바람에도 숨 가쁜 이파리들
새파랗게 질렸던 낯빛
어느새 붉어진 얼굴로
넌지시 여름을 밀어낸다

겨우내
알몸으로 떨었던 깡마른 어린 가지
붉은 혈관 타고 파릇한 핏기가 오르더니
뽀얀 분 바르고 어느새 봉긋
누구의 생각이 익어
봄꽃으로 피었는지
지난해 이맘때쯤
여름은 이해했을까

하늘 묻히기

따끔거리는 가을 햇살을 흘겨보다가

그 아스라한 미소에 양 광대가 걸렸다

콩닥대는 가슴에 하늘 한 바가지 들이키고

꼭 감은 채 보내는 키스는 누구라도 괜찮아

언제 이리도 보드라웠던지

어디서 이만치 고왔던지

치켜뜬 마음이 파란 하늘에 폭 안겼다

너의 한쪽을 내 안에 들이고

매미 울음이 이명처럼 아려오던 날

홑겹인 양 얇아진 널, 배 위에 올려놓곤
그 헐렁한 무게에 철렁이던 가슴
막힐 뿐인 말문을 설핏 젖어 올려다보는 너

만개한 치자꽃 한 송이 네 얼굴에 그려 넣으면
삽화처럼 아른거리는 물먹은 꽃별 하나

시간을 거슬러 어느 후회의 멱살을 잡아야
그렁그렁한 네 꽃별을 너에게 돌려줄까

한쪽뿐인 너의 낯섦이 아득히 떠도는 꿈길

남은 한별로도 괜찮다며 살랑대며 웃는 꼬리
지워도 지워지지 않아 내 깊은 곳에 들였다 하면
그나마 근사한 위로가 되어 보일까

빨래, 로맨스를 꿈꾸다

오늘도 그녀는 무덤덤한 표정으로
나를 한 팔에 안고
쇠 냄새 비릿한 거대한 통으로 던져 넣었다
달달한 감주 같았던 그녀의 눈길도 없고
할미 어깨 주무르듯 곰살맞던 그녀의 손길도 없는
축축한 괴물 파쇄기 같은 놈의 입속에 나를 맡겼다
버튼을 몇 번 누른 후
숨죽은 열무 같은 모습을 하고
서둘러 시야에서 사라졌다

볕 좋은 날
타일 바닥에 이리저리 널브러져 있어도
그냥 좋았다
시폰케이크처럼 부드러운 그녀의 손길이
온몸 구석구석을 애무할 때면
화답 대신 바닐라 향 그윽한 생크림을
양손 가득 얹어 주었다
노는 햇살 모두 불러 문지방에 앉혀 놓고
너도 한 입 나도 한 입, 조물조물 그녀의 손은
백설기 같은 흰 설레임으로
언제나 날 두근거리게 하더니

어제도 그제도 깨진 플라스틱 대야 속에서
목마른 하루를 보내고
오늘도 그녀 손에 외면당한 이들과
원치 않는 포옹을 하며 여전히 그녈 그리워한다
언제부턴가 내 몸을 만지던 손길이
쌀쌀하고 무뚝뚝해졌다
뽀얗고 곱던 그녀의 손에
낯선 손님이 제자리라며 그늘을 트고
세월은, 별 좋은 날
그녀와의 생크림 같은 로맨스도 거두어 가고

안녕, 나의 소울메이트
– 지천명 언덕에서

눈이 부시다 못해 차라리 감아버린 봄날.
얼굴 가득 봄칠 하고 고개 젖혀 하늘을 마신다

하얀 시간 앞에 내려앉은 얼룩
세월이란 이름으로 그대에게 하사받은 선물
연지곤지 찍으며 맺은 인연 아니었대도
날 때부터 붙들리듯 잡힌 손목
아득해진 지난날에 손 흔들며 이젠 깍지마저

어느 봄날
내가 아무것도 아님을 알게 해 준 것도 그대
그대를 들이고도 머뭇대며 뒷걸음치던 내게
시간에 순응하도록 일깨워 준 것 또한 그대인 것을

눈이 부시다 못해 차라리 목이 메던 봄날
거부할 수 없는 그대를 고개 돌려 이젠 정면으로

내가 가진 특별한 무언가를 알게 해 준 것도 그대
고개 숙여 작은 것들을 보는 법과
몸 낮추어 새소리를 듣는 법
더 높고 먼 곳을 향하기보단 나지막이 둘러싸인
일상의 따스함에 눈뜨게 해 준 것도 그대인 것을

〉

언제나 내 옆에서
한걸음 앞서지도 뒤서지도 않은 채
그대!
내일은 나에게 또 무얼 가르쳐 주시려나

문득, 그 쓸쓸함에 대하여

수북하던 은행잎이 누추해질 때쯤
가을은 귀가를 서두른다.

찾아 떠나기에도
찾아오길 기다리기에도
어느 쪽도 어색한 가을과 겨울 어디 즈음

간간이 보이는 지친 이들의 한숨 소리
저마다 제 안의 금에 결로를 켜는 오후다

견딘다는 것은
꼭 이겨낸다는 것은 아니지
가끔, 아주 가끔씩
시간은 내 편도 되어 주더라는

세상과의 타협을 구걸 않는 저 큰 은행나무는
제 스스로 경계를 끊어내고
이파리 하나 없는 이 고요조차
풍경으로 그려 놓는다.

신발 끝에 앉은 피곤을 들여다보며
오늘이 툭 던져 놓은 것들을

가만히 응시한다.

풍경 속 침묵엔 아직 온기가 남아 있는데
올 굵은 스웨터를 여미는 손이 분주해진다

적당한 그리움의 거리

자고 일어나면 괜찮아질 거라고
한숨과 나란히 시간 위에 뉘입니다

뜨거운 물을 한 잔쯤 마시고 나면 좋아질 거라고
가슴에 얹혀있던 어느 날을 흘려보냅니다

알고는 있었지만 삶은 늘 나보다
타인으로 짙어지는 난해입니다

사람 사이의 시간과 거리가 물리적인 것들보다
먼저라는 건 이젠 더 살아봐야겠습니다

어쩌면 한결같다고 불렀던 시간들을
노후된 감정이 쫓아가질 못했는지 모릅니다

가볍다고 여겼던 일들이 무거워지고
버겁고 짐스런 것들로부터 홀가분해집니다

불편하긴 해도 고개를 돌리지는 않습니다
이젠 잎질러신 어느 날을 흘려보냅니다

나의 비타민

추석을 며칠인가 앞두고 그때 기억나?
제일 끄트머리라 늘 언니들 옷 물려 입다가
오랜만에 새 옷으로 추석빔을 받았지
적당히 좋아했어야 했는데
자랑할 요량에 벗어두란 엄마 말씀 지내듣다가
종일 살 껍질이 홀랑 까질 만큼 이태리 타올로
왜 하필 그때 엄마는 내 이름을 불렀는지
왜 하필 그때 똥장군 아저씨가 지나갔는지
퍽! 하…
세상이 끝나는 냄새가 온 골목을 뒤덮고
하이타이를 풀어서 집 앞길을 씻고 또 씻고
밤이 새도록 이태리 타올로 씻고 또 씻어도
반백 년 몸이 기억하는 냄새
또 등짝은 몇 대나 두들겨 맞았는지 기억나?
기억이 선명한 건 그때 날벼락 맞은 아저씨가
내 편을 들어주었다는 거, 그리고
새 옷은 어떻게 되었는지 기억이 없다는 거.

기억의 온도
최애숙

02

김치 국밥

어린 내가 보고 싶은 날
뜨끈한 겨울 한 그릇 먹고 싶다

남은 찬밥 한 덩어리에
빛바랜 앨범 속, 유년 한 봉지 털어 넣고
신 김치 송송 썰어
대가리도 안 딴 콩나물도 한 움큼
어려서 더 애가 탔던 속만큼
보글보글 끓어오르면
부족했던 시근도 한 국자 넣고서
휘이익 휘이익
엄마 몰래 살짝 넣던 참기름 대신
두근대는 설렘도 한두 방울 톡, 톡,

당장 먹고 죽어도 좋을 국밥 한 그릇
아! 맛있당

토사구팽

사는 동안 내게 비밀 한번
안 보여준 사람 있나요?

지금껏 나랑 손깍지 걸고
천지사방 데이트 안 해본 사람 계신가요?

살면서 나에게 손 모자라
신세 한번 안 진 사람 누군가요?

인심 좋기로 나 따라올 이 없다더니
볼일 다 봤다며 한마디 인사조차 없이
휘리릭 돌돌 말려 내쳐진 까만 봉다리

내게서 자유로운 분, 손들어 보실까요?

하루 더하기

내내 하얗기만 할 것 같은 오후의 햇살
길게 몸을 숙인 채 베란다를 서성이고

창문틀에 얇게 남은 따스한 잔별
채 마르지 않은 오늘을 펴 말린다

치익 칙 거리는 압력밥솥 소리
허기는 어느새 턱을 괴고 앉았고

무거워진 저녁을 밀고 쫓아온 피곤
하얀 쌀밥 냄새로 달랜다

베란다 밖
하나둘씩 켜지는 기억들
어깨 위에 걸터앉은 길었던 하루
툭툭! 털어낸다

그림엽서

금세 파란 물감 한 방울 뚝 떨어질 것 같은
파란이 다 감당할 수 없어 하늘색이라고

무심한 듯 그려 넣은 작자 미상의 새털구름은
부실한 시력이 쏘아 올린 연한 흰자위

파란의 어디까지가 하늘이고 바다인지
하늘을 끌어다 정박시켜도 모를 한낮의 고요

수직에 가깝도록 곧추세운 바지랑대는
볕이 아까운지 애먼 빨랫줄만 당기고

오후 2시의 나른을 베고 길게 누운 초록
여름을 한바가지 퍼붓고서야 고개를 든다

나지막한 바람 한입 베어 문 키 작은 돌담
꾸덕꾸덕 뽀얀 홑청으로 해를 가리고
잘 마른 빨래 냄새에 제주의 여름이 익어간다

참을 수 없는 존재의 가벼움에 대하여

어…그…그…
눈을 한번 질끈 감았다 다시 부릅떠도

그…저…그거
참을 수 없는 존재의 가벼움

침을 한번 꿀꺽 삼키고
무겁지 않은 한숨에 두 눈을 질끈 감습니다

입속 여기저기 날아다니던 말이
창백한 허공에서 우루루 쏟아집니다

혀끝에 걸린 버퍼링 정도라고
별일 아니라고
애써 무심해지려 합니다

거듭되는 실수에
말문은 기분을 닫아겁니다

어쩌면 어디선가
익숙한 장면 같기도 하고
낯섧이 망각입니다

차근차근, 천천히

채 마르지 않은 낙엽을 만지며 봄을 예약했다

11월의 끝 언저리 어디 쯤에 대고 속삭인다
빨리 겨울을 해치우고 할 일이 있다고

그렇게 사라져간 것들이 백만 개쯤 될까
그리 오래지 않은 어제도 해치웠다
조급한 마음들에게 빌려온 것이 적지 않았다

새벽의 온기가 채 식기도 전에
제멋대로 밀고 들어온 아침처럼

그렇게 사라져간 것들은
가끔 한잔의 커피와 눈먼 시간을 데려왔다

자의든 타의든 통성명도 없이 가버린 후회
낯선 여유가 준 헛헛함이 애써 부실을 다독인다
어쩌면 낙엽이 진 뒤를 너무 빨리 어림잡았나 보다

한직한 오후, 브레이크 페달을 길게 눌러 밟고
뉴턴 또 뉴턴, 그리고 그 자리에서 다시
차근차근, 천천히

지독한 사랑
– 역류성 식도염

까맣게 타버린 가슴 속 어디쯤
숨죽인 채
사랑을 향한 날 선 손톱

하루도 너 없인 살 수 없었는데
왜 이토록 아프게 하니
너라는
쓰고 긴 여운이 남긴 지독한 상처

누구였대도
너의 매력을 거부할 순 없지
입술을 포갤 때 휘감던
은은하고 감미로웠던 순간들
다시 헤어나지 못할 기억들

널 떠나는 건
그래, 잠시만 이별
Goodbye! 나의 아메리카노

침묵의 온도

마침표에 꽁꽁 묶인 새벽을 밀고
미등도 끄지 않은 버스가
울컥대며 멈춘다

너도 그러니?
나도 서럽다

누구,
어이없는 이 침묵을 위해
마스크 한 장만 적선 하시죠

0.73°의 먹먹한 진실에
충혈된 아침
사라지지 않을 도돌이표 같은 질문들
오늘, 오늘 하루는 가려줘야지

지펠

강산이 두 번이나 바뀔 동안
그토록 차가운 걸 품고도 따뜻했구나

얼어붙은 가슴 속을 데우느라
밤새 울며 웅-웅 거리더니
크르륵 큭큭 그르륵
병명은 결국 번 아웃이다

냉랭한 가슴 끌어안고 얼마나 쓸쓸했을까
겉으론 늘, 쿨한 미소 품고 사는 냥
별스레 따스했던 체온이 신음이었음을

오래도록 시린 속을 몰라준 때문일까
달래고 또 달래도 겉만 도는 위로

실로 내게 소중했던 건
겉도 속도 아닌 이런 낡음이었는데

Goodbye! 나의 케렌시아

낯선 번호로 문자가 왔다. 네가 사라진다고 상상하지 못했다. 너의 마지막을 통보 받기 전에는. 없어진다. 사라진다. 죽는 거? 죽는 거라고 네가? 내게 묻지도 않고? 언제 한번 너의 눈으로 날 읽은 적 있던가. 쌀쌀맞던 하루를 피해 널 찾으면 싱크대 앞 식탁처럼 묵묵히 자리를 내어주던. 기억을 끌어당기면 한쪽 끝엔 늘 네가 보여. 가볍다고도 귀하다고도 기억되지 않았어. 가만 보니 항상 그랬네 나는. 하얘지는 머릿속, 풀어지는 시선, 끙끙 터진 신음은 설핏 젖은 설움에 그렁대고. 심장 한쪽이 뭉텅뭉텅 손으로 헤집어 놓듯 왜 이렇게 울렁거리고 열이 날까? 언제나 내 얘기만 했지 널 궁금해 한 적이 없네. 너와 끝이 있을 거란 생각? 기억에 없어. 눈물 막을 타고 몸 속 혈관 전체로 뜨거운 것이 스며들어 왜 이렇게 슬픈 거야. 낯선 번호로 문자가 왔다. −9352 이제 폐차장으로 이동합니다− 연이어 하얀 널 풀어헤친 사진 한 장. 준비 안 된 어처구니가 맥을 풀고, 귓속에선 고장 난 스피커 소리가 제 맘대로 커졌다 줄어들었다를 반복한다. 마음 상해서 집 나와도 막상 갈 곳 없어 찾는 건 항상 너였구나 가만 보니까. 까만 비닐 봉다리에 맥주 두 캔과 감자 칩! 빈손은 아니라며 눈물 콧물 주섭을 떨고. 그랬구나! 네 속엔 숨은 내가 너무 많아. 주저앉은 신음 속에 숨겨둔 내가 있었네.

어쩌면 너였구나! 나의 케렌시아 Goodbye 9352

내가 사랑하는 방식

내게로 오는 발소리가
점점 작아지고 느려진다

널 부르는 입은 여전히 달고
보리야, 보리야

부쩍 희미해져 가는 내 목소리
멀찌감치서 그저 멀뚱멀뚱

마치 처음 보는 나처럼
그래도 태연하게 웃어 보인다

혹여 부서질까 들숨은 갈 길을 잃고
슬프지만 마냥 슬프지 않게

어쩌면 내가 낯설 너
오늘은 잠이 오지 않을 것 같다

가을장마

저렇게 퍼붓다간 새벽도 오기 전 아마 밤은. 숨어든 밤을 위해 오래 묵은 술 한 병을 꺼냈다. 비행기 타고 물 건너서 왔다는. 간신히 여름을 달랬다. 비가 그치고 나면 별이 잘 닦여있을 거라고. 마스크 속으로 찢어지는 욕설이 보인다. 덥다고 아랫도리 윗도리 다 벗어 던지고. 감기 들까 마스크는 쓰고. 눈 말고 나머지가 나의 취향이었다니. 촌놈같이 헤네시 코냑에 얼음을 잔뜩 채웠다. 그것도 XO를. 눈만 빠끔하게 내놓고 무슨 상상을 했을까. 나머지로 근사한 얼굴을 조합해 보는 일. 좋은 시절 다시 보잔다고 몇 날 며칠을 울고불고, 천둥 번개까지. 격조 있게 여름 한잔 쭉 들이키고 가렴. 잠시 설웁다가 바람이 불었다. 가을이 너무 가까이서 울었다.

불편한 기억

가시를 뽑으려다

어쩌면 손톱 밑에 눌러 앉았나

손톱으로 여기도 스윽 저기도 스윽

순간 스치는 어떤 기억에도 눈을 찌른다

손톱 밑에선 향기 없는 꽃이 피고

여기저기 꽃물이 번진다

지금은 내가 감당할 수 없으므로

쪼그리고 앉아 후후 입바람만 불어댄다

마음이 소란한 날

잠시 백기를 드는 심정으로 돌아앉아

착한 울음이 차오르기를 기다린다

가을을 건네다

비 그친 가을, 한풀 꺾인 오후의 햇살
지그시 제 몸 낮춰
키 큰 은행나무를 꼬드겼다

무심한 듯 소슬바람
낮아진 은행이 전부 가을이다

미간을 찌푸리며 길게 밀어낸 날숨
어느 새 노란 풍경 한 점 안고 섰다

겨울 채비하라는 전갈도 잊은 채
노랗게 정분난 가을바람

악마의 향기조차 삼켜버린
아! 혼절할 가을이여

홍시

이천 원 주고
그리움 다섯 개를 사 왔다
추석을 보내고도
길게 목 뺀 늦더위 탓에
감홍색은 어디 가고
희뿌옇게 화장이 떴다

맘씨 고운 할매가
덤으로 준 알 작은 홍시
눈칫밥을 먹었는지
주름살이 터지고
드러난 야한 속살
침이 먼저 마중한다

냉장고에 자리 잡은
주인 없는 홍시
엄마 손을 기다린 건
나뿐만이 아니었다
모진 추위 견디느라
그리움이 말랐다

선잠

어둠이 눈에 익을 즈음이었는데
아직도 밤인가 봅니다

잠 속 어딘가에 그은 밑줄이
계속 아른거립니다

보일 듯 말 듯 쉽게 읽히지 않아
그거다 싶어 손바닥을 펼쳐보면

마치 SF영화 속에서처럼
이내 블랙홀로 사라져 버립니다

글씨인 듯 얼굴인 듯, 아니 내 마음인 듯
음… 마음인 듯
그랬나 봅니다

문득 잊어버린 꿈 앞에서
가만히 물어봅니다

괜찮습니까

한낮의 공원묘지

오월, 햇살이 바늘처럼 꽂힌다
한낮의 공원묘지는 심해 같은 적막으로

때아닌 메뚜기가 묘지기를 자청하며
한발 앞서 쉬이 길을 터준다

급해지는 발걸음에 애꿎은 멀미를 하고
고요함을 빙자로 반주 없는 노래를 토한다

눅눅한 것들이 목구멍까지 차오를 때면
주섬주섬 까만 비닐봉지에 담아와
마른자리 빙빙 돌며 구시렁대는 쏘개질

빛바랜 플라스틱 프리지아를 걷어내노라면
문득, 찰나에 머문 양
젊은 그녀의 모습이 물결처럼 일렁인다

낮아진 오후, 측백나무 끝동에 눈이 시려도
혹여 모를 오늘 밤
꼭 한 번 꿈길에서

낡은 의자의 꿈

헐거워진 나사못이 힘에 부쳤나
며칠째 경비실 앞을 간신히 버티고 섰더니
오늘은 자리조차 못 깔고 길게 누웠다

양지 찾아 일찍부터 마실 나온 할머니들
화려한 몸빼 바지 속 감춰진 조용한 hip

영감도 잊어버린 사이즈
내가 알고 있다는 듯 지그시 눈 감는 의자

난생 처음 영감 말고 엉덩이를 맡긴 인연일까
망치 잡은 할머니도 못 잡은 할머니도
서로 당신 앉히느라 누웠다며
내가 고치겠다 양보 안 할 기세다

반질반질한 부잣집 대청마루 부럽잖게
하루 내내, 노는 볕들 죄다 불러 모아
따뜻하게 데워서 골고루 앉혀주더니

혹, 다음 생 멜로영화 수인공을 꿈꾸시나
길게 누운 의자에 볕이 모인다

03

쉼표

서두르지 마, 서두르지 마
어제가 귀엣말로 속삭인다
쉬어 가자고 쉬었다 가자고
칭얼대던 발목, 마침내 널 찍는다

콕, 찍은 점이 길게 꼬리를 빼면
한풀 꺾인 시간은 숨을 고르고
알 베이고 고단했을 두 발에
절뚝이며 길이 내 준 오후의 그늘

바삐 오느라 세모로 접어 둔 페이지들,
보지 못한 것들, 챙기지 못한 것들
작은 쉼 위에 짝발을 디디고서야
겨우 마주하는 울컥이는 것들

길 너머 있을 것 같았던 그것들이
쉼표 뒤에 숨었다
작은 쉼이 가져다준 선물
지금과 내일 사이 있어야 할 그것

기억의 온도

길고 길었던 하루를 다 집어삼킬 듯
바쁜 숨 몰아쉬며 내 눈을 찾던
어쩌면 무서워서 그랬을 수도

어찌할 수 없었던 그 고통에
당신의 존재 이유라던 그 자릴
던져버리고 싶었을 수도

미처 생각 못 한 생각이 너무 많습니다
그게 아닐 수도 있었습니다

세월만큼 닳아해진 눈꺼풀에 눌려
맥없이 흔들며 마다하던 그 눈
웅성거리던 하얀 가운 사이로
그리도 간절히 하고 싶었던 말

다 안다고 생각했던 생각들이 너무 밉습니다
그게 아닐 수도 있었습니다

내 안, 덜 풀어진 뜨거운 무언가에
생각이 붉어지고

기억이 붉어지고
후회와 부끄러움으로 그리움이 붉어집니다
그게 아닐 수도 있었습니다

푸른 밤의 적요

수신인 부담으로 날아든 위로는
새벽을 마신 긴 한숨 앞에 의미 없이 쌓이고

캄캄한 미로, 그 끝으로 밀려가는 생각
곁가지를 뻗을수록 툭툭, 불거진다

밤은 들숨과 날숨을 들락거리며
어둠을 길들인 채 오늘을 닫지 못하고

파르스름 멍이 들 때까지
길고 깊은 한숨을 밤새도록 켜놓은 채
까만 하늘의 별들을 벌컥벌컥

그래, 힘들면 힘내지 않아도 괜찮아
그대로 조금 더 있어도 돼

뜬눈이 받친 새벽이 무거워질 때쯤
내뱉은 한숨을 거둬들이고…

그녀의 이름은

돌아서면 늘 잊어버리는 이름이지만
물어볼 때마다 또 한 번 불러주게 되어
보일 때마다 묻고 부르기를

잔뜩 물이 오른 사월이던가
기억을 헤치며 그녀를 더듬었다
꽃… 꽃… 꽃ㅁ…

몸을 낮추고 머리를 숙여야지
제 몸을 보여주는
세상에서 가장 작은 그녀

꽃마리의 연한 볼이 봄 하늘을 물들였다

안부

때 늦은 꽃샘바람에
미처 인사도 하지 못한 채
여기저기 찬기 남은 겨울 언저리를 데우고
서둘러 4월 연둣빛을 그려 넣는다

이른 아침, 창문을 열 때면
내 목을 휘감던 싱그러운 너의 냄새

몽롱함 속에 황홀했던
찰나의 첫 키스처럼
아쉬운 듯 눈을 감고 널 느껴본다

아직은 계곡물에 손끝이 찬데
계절은 속절없이 보채기만 하고

살구빛 고운 블라우스 차려입고
배웅하리라던 그 마음 어디 가고
그저 우두커니 바라만 볼 뿐

이따금
서운해할 만도, 토라질 만도 한데

한결같이 그때가 되면 그 향기로

혹여 가는 길이 힘들진 않았는지
다시 그 날을 기약하며
엄마 닮은 연둣빛 봄에게 안부를 전한다

제대로 이별

어제까지 멀쩡하던 집 앞 외벽이
출근 길에 사라졌다
가끔은 눈부셨던 날들
함께 그 벽을 탔던 이름 모를 초록 잎들과
나의 빙그레가 못내 아쉬운 아침이다

다시 채워나갈 사연들과 마주할 낯섦
문득 사라지는 건 벽을 덮어버릴 시간일지
헝클어지고 있는 기억일지 알 수 없다

벽이 사라진 자리
불쑥, 붉어진 핑계로
살짝 몇 발자국 머물러 본다

머릿속 오래된 것들은 난청일 때가 많다
양미간의 괄호가 짙은 곡선을 드러내고
마침내 수명 다한 필라멘트처럼
붉으락푸르락 기억을 헤집는다

한참을 클릭하고서야 내미는 어렴풋이
여며지지 않은 휘청거리는 기억들이

비 젖은 버스 유리창에 뭉개져 내린다

선명하지 않은 탓에 까칠해진 집착
세월에 번져버린 수채화처럼
두고 온 날들은 그렇게 내 빈틈을 들락거린다

불면

저보다 더 고운 무엇에 홀렸누
밤을 놓친 별 하나

두리번거리는 달빛 속으로
저어기 인생 하나가 걸어온다.

어둠을 또 읽어내지 못했으므로
그저 우두커니 볼 밖에

돌아보면 뚜렷해도
늘 한참을 돌고 돌아서야 끄덕이는 고개

밤을 한 움큼 걷어내면
세상은 아련한 현기증만 같아

누락된 기억에 허기라도 채워주는 건
약하지만 몽롱하게 생각을 켜둔 때문일까

밤보디 별이 많았던
한 번쯤은 그 밤에 주워 담았던 사람, 사람들

닫아도 닫히지 않은 밤이 있다며
저어기 새벽 하나가 걸어온다.

아무 것도 아닌 것들의 위로

이마에 찬수건을 올리며 붙잡은 시간
작은 손으로 이마를 짚어줄 때마다
가끔은 그 안쓰러움에 더 아프다
대수롭잖은 초여름 감기에 백기를 들고
고장 난 목소리로 궁시렁거린다
아무 것도 아니다 아무 것도

화끈거리는 손바닥을 겨드랑이에 넣고
세상을 빙빙 돌린다
책상 위에 꿇은 무릎은
교복치마 속에서 트위스트를 그리고
코앞까지 다가온 회초리
손바닥은 현기증 속에서 주문을 외운다
그냥 아무 것도 아니다 아무 것도

풀어진 눈꺼풀과 무거운 어깨
날씨가 추운 건지 배가 고픈 건지
코끝에서 파 냄새가 나고 마음이 고단한 날
찬 대리석 바닥에 얼굴을 부비며 호흡을 늘인다
아무 것도 아니다 아무 것도

밤을 켜고 혼자인 것들을 깨운다
가슴 한켠, 작은 방에 모아둔 후회
하나씩 둘씩 다독이며 돌려보내고
깔아놓은 한숨도 그늘 품은 방도 정리한다
그냥 아무 것도 아니라며

내 편이 그리울 땐 김밥을 만다

깊은 밤 속이라도 그리 캄캄하지만은 않았다
굳이 꼭 지우고 싶은 날이 아니었대도
낯설지 않은 새벽의 위로
되레 잠시 흔들렸을 불면을 쓸어내린다

따뜻한 차 한잔 우려낼 정도의 여유
덜 풀어진 어제를 위한 아침의 배려라며
터진 실핏줄을 타고 허공을 배회하던 뜬눈

아! 찾았다. 내 편

김발도 없이 주섬주섬 도마 위에 김을 올리고
멍울 남은 어제 한 주걱 얇게 편다
묵은 김치 두어 줄 꽉 짜서 볶아 넣고
급해진 마음도 톡톡 뿌려 만다

처진 눈꺼풀이 올라붙을 즈음
버스를 타고 지하철을 타고 또 버스를 타고
보풀처럼 헤진 마음 데리고 소풍을 간다

죽어도 변치 않을 내 편이 있는 곳

〉

큰절 두 번 하고 다소곳이 앉아서
혀짤배기소리로 다 다 일러주면
무조건 잘했노라 내 편 되어줄 그곳에 간다

보리차 향기

구수한 보리차 향이
늦은 여름을 걷어 올리고

막 그친 비는 아스팔트 위
제 사연이 기억될 문장을 적는다

넘칠 듯 넘치지 않은 생각들
주전자 뚜껑에 비스듬히 걸터 앉았다

돌아선 임계는 계절을 재촉하고
살가운 보리차 향기 행간을 채운다

차 한 대 좌르르 지나갈 때
받아 쓴 문장이 도로 턱에 걸린다

커피 더하기

부표처럼 떠 있던
아득한 밤을 타박하듯
하품은 알 수 없는 옹아리를 토하고
본능처럼 스치는 널 잠시 미루며
아침의 분주함 속으로 스며듭니다

새벽까지 헤아려 본 그 양들은
오늘 밤 거사를 위해
맹 구호 연습 중
간밤, 어둠을 낱낱이 부수고
어둠을 두드리던 실바람 같은 기억들
내 안 어디쯤에서
나도 모르게 헤쳐 나온 기시감
낯선 것 같기도
늘 보고 있었던 것 같기도 한
잠결이 스르르 나를 훑고 갑니다

설거지를 끝내고, 가만히
흩어진 잠결을 쓸어 모읍니다
밤보다 진한 너를 내리며

엄마의 서랍

찬장 맨 아래 두 칸짜리 서랍 속
없는 게 없다는 엄마의 세월이 있다

하루를 끝낸 엄마의 손이 어김없이 찾는 곳
얇게 자른 빨간색 생고무 2줄 꺼내시며
– 병원은 무슨, 내 손에는 이거 이상 없더라

질긴 고무장갑 수명처럼 손가락도 끄떡없다며
고단한 하루를 칭칭 동여맨다.

내 손도 세월 가는 소리를 들었다
소염진통제 없이는 안된다는 손가락 관절치료

구멍 난 고무장갑이 진통제였다는 걸
어른이 되고서야 알았다

인사

늙은 골목길이

허리를 수그린다

등줄기가 따끔거린다

산복도로의 늦은 아침

가을이 꼭꼭 묻다

봉투가 천 원입니다

오늘도 그는 음색 없고 무덤덤한 얼굴로
'봉투가 천 원'이란다
영혼 없는 종이 인형처럼
들릴 듯 들리지 않듯
온종일 서서 봉투가 천 원이란다

국제시장 깡통골목에 가면
내가 좋아하는 예쁜 옷과 커피 잔이 있고
포장지가 온통 영어로 쓰여 있는
알록달록 과자도 있다
그리고 지워버린 표정을 들고
봉투가 천 원이라 읊어대는 그가 있다

봉투를 한 묶음 사 들고
나도 입속으로 가만히 되뇐다
봉투가 천 원입니다
봉투가 천 원입니다
인생이 천 원, 사랑이 천 원, 미움이 천 원
오늘이 천 원, 내일이 천 원……
그 많은 봉투 속에 무엇을 담았을까
멀미 나는 어제?

숨 막히는 오늘?

아니면 누군가에 간절히 전하고픈 메시지?

질문을 삼킨 봉투

입을 꼭 다문다

타인의 밑줄

햇볕이 질리도록 내리쬐던 늦은 봄날
해묵은 책들에 미안함인지
불편한 비염 때문이었는지
책장의 올드한 주인공들을 불러내어
바삭거리는 한낮을 선물했다
책 속, 여기저기 인정하기 싫은 흔적들
빌려갔던 누군가의 소행이겠거니

-오늘, 엄마가 죽었다.
아니, 어쩌면 어제
-느림의 정도는 기억의 강도에 정비례하고
빠름의 정도는 망각의 강도에 정비례한다
-첫아이를 낳은 지 세 달이 되었을 때 저는
이유도 알 수 없는 자살이라는 형태로
당신을 잃었습니다

문장이 준 충격 탓이었는지
뫼르소의 강렬한 태양빛 때문이었는지
씹고 있던 얼음만큼 눈꺼풀이 시려왔다
누군가 그어놓은 밑줄의 힘을 믿고
때론 숨 끝에 걸린 듯한 두려움의 경계를

가끔씩 나의 박식인 양 허기를 채운다
제목도 이따금 헤매는 기억보다
몸이 먼저 알아챈 부시도록 고운 날
집 나온 문장들이 윤슬처럼 반짝인다

그 후, 49일째

식어버린 미음 같은 얼굴을 하고 온 방을 둘러보아도 어느새 흔적 없이 사라져버린 그녀. 성난 불덩이를 한입 가득 물고 입술 사이로 스며 나오던 통곡 같은 신음소리를 가지고 그녀는 자취를 감추어 버렸다. 어둡게 앓다가 문득문득 차오르던 울분을 벼랑 끝까지 밀어 넣더니. 한바탕 열병을 치른 후, 물 먹은 머리와 젖은 속옷 그리고 이마와 콧부리엔 홍매화 꽃망울이 보기 좋게 자릴 잡고. 이승 줄을 끊고도 두고 간 무엇이 밟혔을까. 다시 몸에 한기가 든다. 습관처럼 전화기를 잡고 단축키를 꾸–욱

.

.

.

.

.

.

.

아……

04

환절기

연이틀 내린 비로 계절이 싱숭생숭
가을, 몸살을 한다

눈치 없이 산들거리는 아침
여름을 다시 당겨 덮고
혹시나
제자린가 슬그머니 들렀다가
초록 꼭대기에 매달린 탱탱한 햇살에
화들짝 꽁무니를 뺀다

와삭!
여름을 베어 먹는
어린 가을이 싱그럽다

방치된 슬픔

지난 했던 삶이라고
그리 가고 싶었을까
마음이 몸을 놓칠까
간신히 끌어올린 얼굴들

서걱이는 유리창
길게 내민 목이 서럽다

살았으므로 지은 죄라… ·
사는 내내
비문처럼 새겨진 상실과 고통
그렇게 다 갚은 줄 알았다

세월이 갉아먹고
적막이 파먹어 숭숭 뚫린 가슴
그 빈틈으로 드나들던
셀 수 없던 슬픔들
물러설 길 없는 절벽 끝
끝내 지나치는 평생

앙상한 비명조차 내 편이 아닌 듯
손발이 꽁꽁 묶였다

〉

그저 빈방에 홀로 남아
뽀얗게 피고 지던
야윈 기억의 탁본만이
젖은 마스크에 선명하다

살아 외롭고 시렸던 탓에
따스한 한줄 볕마저 그리웠는데
가는 길 잠시 머물 냉장고 대신
후미진 찬 바닥과 기막힌 조우
젊어 태워보지 못한 열정
하나 남김없이 태우고 가라는
허망한 배려조차
몇 날 며칠 긴 줄로 쓸쓸하다

있는 줄도 모르게 살았던 날들
마지막 가는 길에 누리는
어이없는 호사
5일장, 7일장이면 좀 덜 남루하려나

오늘도 신문에서 내가 사라진다

문득

느지막이
저녁이 내리고

– 할무이
또 나가면 안됩니더
우렁찬
요양보호사의 목소리가
가난한 골목을
덮는다

어둠이 샐까
덜그덕대는 알루미늄 새시 문

철그럭
밤을 걸어 잠그는데

아!

오래된 자물통이
입을 꾹 다문다

어떤 하루

그냥그냥 쉬워지고 싶은 날
내내 풀지 못한 팔짱 사이로
가려진 마음에 쥐가 내린다

여물지 않은 문장들을 담기에는
아직 가슴이 얕다

작은 한숨조차 내뱉기 힘든 하루였지만
가만 보면 오늘도 면역이었다

어이없음이 턱밑까지 쫓아오고
기어이 임계점에 이르러서야
긴 한숨과 타협을 한다

담을 것과 버릴 것을 가리기도 전에
소심하게 삐져나온 울컥

내릴 곳도 아닌데 눌러버린 하차 벨
그래, 걸어도 좋고
어스럼 저녁을 닮은 얼 그레이 한잔으로
달래는 쓸쓸도 좋다

그냥

버스 맨 뒷좌석 바로 앞에 앉은 두 아저씨
그때가 언제인지 몰라도
그때 천우장 앞에서 자길 바람맞힌 아가씨
사실은 지금 처남댁이란다
부산역에 버스가 정차했는데도 안 내렸다 그냥
그 아저씨 목소리가 커서 말고 그냥
남의 연애사가 궁금한 거 말고 그냥
그 다음 정류소도 안 내렸다
오래 전 나의 기억 같은 거 말고 그냥
이유 없이 그냥 그러고 싶은 그냥 그런 거

진실과 사실 사이

새벽이 미처 덜 가신 이른 아침
골목 옆 아파트 담벼락 아래론
예쁜 도둑들의 수다로 분주하다
감추고픈 비밀이 어찌나 많은지
기척 없는 식사에 물러설 기미조차 없이
찰나처럼 자꾸만 내려앉는 작은 손님들

어젯밤 누군가 차려 둔 길냥이 밥상
날만 바뀐 게 아니라, 아니 아니
바뀐 게 아니라 당초 내 것이었나
모르는 체 당당해진 참새들의 도둑식사
멀찌감치 서서 소리 없는 발만 동동
길냥이마저 헷갈려버린 아리송한 진실

그냥 고마운 일

비가 그쳐
다행이다

밥통 꽂는 걸 깜빡하고 잤는데
아침에 햇반이 있어 다행이다

시큰거렸던 허리가 별 탈 없어
다행이고

우리 보리 한쪽 눈은 괜찮다니
그저 고맙다

오늘은 진짜 가을 냄새가 난다
지구가 삐딱해서 참 다행이다

눈물 품기 좋은 날

8월의 끝물이 사선을 그으며 나릅니다
방충망에 내려앉은 어린 빗방울

툭, 별사탕을 떨굽니다

아스팔트 바닥 신음하는 빗소리
모로 누운 여름밤이 네온으로 흐르고
침묵 같은 흐느낌만 소리 없이 고입니다

비 뿌리는 하늘마음 모르는 척
원 없이 퍼붓고 가라는 악다구니보다
애써 무심해 지려는
날씨가 더 아픕니다

갈등

불을 켜자
유리창을 사이에 두고
혼자였던 모든 것들이
짝이 되어 마주 본다
창에서 먼 것부터 그리고 나까지
그러잖아도 두 마음이었던 것들

불을 끄고
각자 더 깊은 어둠 속을 찾아
둘이 하나가 되어도
여전히 대수롭지 않게
혼자로 간다
더 선명하게

슬픔이 잠든 사이

켜켜이 둘러싸여 어둠 속에 표류한 채
흐느꼈다가 통곡이었다가
어떨 땐 퍼질러 앉아 구슬펐다

그치고 또 그쳤다가도 뒤돌아보면
미처 다 퍼붓지 못한 장면들이
폭포처럼 쏟아진다

어떤 기억에서 이탈한 것의 투영은
예감보다 훨씬 강렬하다

찢어질듯한 앙칼짐이 어둠 속에서
사선으로 내려꽂히고
번뜩이는 날카로움마저 긴 울음이 삼킨다
이밤 내내 저리 서러우려나

몇 날 며칠의 낮과 밤을 착란처럼 떠돌며
요란하게 퍼부어댄다

아메리카노

사랑한다고 무작정
덤비니까 그렇지

늘 그렇게 상처 받으면서

아랫입술부터 지그시
부드럽고 은은하게

그리곤, 천천히
후- 후- 후릅

다른 마음들의 화해

오늘도 그녀는 어린 손주의 팔을 낚아채듯 끌어당기며 슬픈 분노를 토해낸다. -자식새끼가 아니고 원수다 원수. 돌도 안 지난 핏덩이를 내 버리고 갔다며 며느리를 향한 육두문자를 쏟아낸다. 그래도 분이 덜 풀렸던 것일까. 안 된다는 여자를 데리고 들어와 결국 저승 갈 날 다 된 에미한테 던지고 가버렸다며 괴물같이 울부짖는 소리를 끝내 울음이 뭉개버린다. 긴 시간 마른 눈물에 씻겨 내려간 풀 죽은 울분이 그녀를 토닥이고, 늙어 눈물도 다 말랐다는 모진 마음의 이면이 흘러내린다. -고맙지 고맙고 말고, 우리 강새이가 없었으면 내 진즉에 죽은 목숨이지 그나마 니 살릴라꼬 내가 한 숟가락씩 뜨고 버텼지. 니가 이 할미를 살린 거지 그게 맞는 말이지. 어김없이 순서대로 이어지는 레파토리로 오늘도 그녀의 두 마음이 서러운 화해를 한다.

골목, 그 겨울을 품고

가난한 입김이
시린 하늘을 녹인다
골목 모퉁이
고개 내민 연한 햇살 한줄기
터서 상처 난 시멘트 바닥
설익은 봄을 바른다

식은 커피 같았던
낡은 골목길
귀한 겨울 볕이 불러들인
어린 길냥이
잠시 쉬러 온
햇살의 손을 핥는다

마음

있는 줄도 모르게 그냥 있었던

한가운데 가부좌를 틀고
늘 없는 듯이 앉았었구나

이름표를 달고 하나씩 둘씩
네게 툭툭 던지듯 가벼이 털고 갔구나

거기 있는 줄도 모르게 있었는데
그토록 오래도록 너를 잊었었구나

세상에!
이게 내가 네게 한 짓이라니

간절기

오랜만에 마실 나온
얍체 같은 햇살이 꼬습다
한잔 하늘 덕에
손가락 하나하나 꽃잎이 되고
오늘은 어딜 봐도 너뿐인 풍경

보도블럭 사이 꼽꼽하게 남아있는
지난밤의 흔적들
계절을 오가느라 젖은 발이 멋쩍었나
가는 여름 막아서서
심해 속 수채화를 그린다

때 이른 가을 햇살 앞장세워
철없는 아이처럼
이 골목 저 골목 빨랫줄 칭칭 감고
들락대던 변덕이 쑥스러워
계절까지 바꿔놓는다

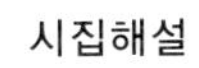

평범한 일상을 감각적 이미지로 시에 이르는 길

양왕용(부산대 명예교수)

평범한 일상을 감각적 이미지로 시에 이르는 길
– 최애숙 시집 『기억의 온도』의 특성

양왕용(부산대 명예교수)

1

최애숙 시인의 시집 『기억의 온도』에 등장하는 시적 시간과 공간의 특성은 어떤 특정한 날의 체험이나 기억이 아니고 평범한 일상이다. 그런데 그 평범한 일상을 어떻게 시적 시간과 공간으로 형상화하고 있는가 하는 질문을 던져볼 필요가 있다.

우선 최 시인의 경우 시집 제목에서 그 답을 찾을 수 있다. '기억의 온도'에서 '기억'이라는 언어는 지극히 추상적이다. 그런데 그 추상적인 언어가 '온도'라는 물리적 언어를 수식하고 있다. '온도'는 '기억'보다는 덜 추상적이다. 온도가 높거나 낮은 경우 우리는 '덥다' 혹은 '춥다'라는 감각적인 인식을 한다. 따라서 시집 제목으로 이미 시인의 기억들이 다양

하게 시 속에서 전개될 것이라는 예상을 할 수 있다. 다음으로는 제목 속에서 평범한 일상을 암시하는 제목들이 많이 등장한다. '그냥'이라든지 '어떤'과 같은 특별한 의미가 없음을 암시하는 제목의 작품도 여러 편이다.

이렇게 의식적으로 평범한 일상이 시적 제재가 되어 어떻게 시적 이미지로 전환하는가 하는 점에 주목할 필요가 있다.

2

그러면 편집된 순서에 따라 앞에서 필자가 제기한 것들이 어떻게 나타나고 있는가를 몇 작품을 통하여 살펴보기로 한다.

누군가의 간절함이 건져 올린 오늘
멀찍이 보고 섰던 하늘
그저 말없이 곁이 되어 준다

평소보다 일직 켜진 간판
진저리를 치듯 물기를 털어대는 목줄 없는 개
눈치 없이 불어온 바람 한 줄에 속 보인 KF94
짧은 횡단보도 위에서 마감한 우산의 최후까지
여름도 기가 찬지 그냥 우두커니 볼밖에

〉

긴 장마가 할퀴고 간 가난한 저녁

어느 집 갈치 조린 냄새

초라한 미소가 목구멍에 걸렸다

그래도 배는 고프고

어스름에 취해서

그냥 누군가로 저물어

그렇게 하루, 묻어가고 싶은 날

–「그냥, 우두커니」 전문

「그냥, 우두커니」(제1부)는 제목 속에 '그냥'이라는 시어가 들어 있기 때문에 이 시에 등장하는 시적 공간이 아무 의미 없는 일상의 하루라는 것을 제목에서부터 드러내고 있는 작품이다. 첫째 연 벽두에서 '누군가의 간절함이 건져 올린 오늘'이라는 표현에서는 누군가에게는 간절한 하루가 될 수 있다는 전제가 깔려 있다고도 볼 수 있으나 '누구'라는 인물은 이 시가 끝날 때까지 어떠한 인물인지 혹은 시적 화자인지 밝혀지지 않는 미지의 상태로 남겨진다. 따라서 첫째 연은 그저 시적 화자는 아무 생각 없이 하늘을 바라보고 있는 하루라는 의미로 해석될 수 있다. 그런데 그 하루가 둘째 연부터는 시적 화자에게 평범하게 인식되어지지 않는다. 즉, 간판의 불들이 일찍 켜진 것 같고, 목줄 없는 개가 물기를 털어내는 장마철의 하루라고 구체화 된다. 또한 바람 속에 '코로나 19'의

상징인 KF94 마스크가 뒹굴고 횡단보도에는 부서진 우산이 굴러다니는 여름날인 것이 밝혀진다. 셋째 연에서는 어느 집의 갈치조림 냄새라는 후각적 이미지가 중심이 되어 시적 화자를 초라하게 미소를 짓게 하면서 배고픔이라는 감각적인 인식을 가져온다. 마지막 넷째 연에서는 이러한 감각적 이미지에도 불구하고 하루는 무료하게 저문다는 시적 화자의 의도를 밝히고 있다.

이상으로 볼 때 최 시인은 평범한 일상을 감각적 이미지로 평범하지 않게 인식하는 시작 방법을 가지고 있다.

2월이 떠난 산사의 오후
아기 속살처럼 달달하다

사연 많은 하늘, 한껏 끌어안고
내 속까지 비춰볼 듯 아직 어린 개울

너무 고와 담근 손
덜 녹은 겨울 한주먹 건져 올렸다

까만 밤 끝에 서서 별이 보일 듯 말 듯
거기도 겨울의 끝은 아니었나 보다

몸이 알아차려도 하는 수 없다
이젠 봄이고 싶다

〉

남아 있어도 그저 무심한 채

그냥 오늘부터 봄 해야겠다

—「다시 봄」 전문

「다시 봄」(제1부)은 최 시인의 시에서 자주 볼 수 있는 계절 '봄'을 제재로 한 시 가운데 하나이다. 이 작품 역시 봄의 특징인 꽃들이나 연두색 새잎들이 등장하지 않는 것이 특색이다. 오히려 겨울의 끝자락을 시적 공간으로 하고 있다. 그러한 감각적 이미지들이 둘째 연과 셋째 연에서 등장하고 있다. 그러면서 넷째 연부터 시적 화자 스스로 계절 봄이 왔다고 인식하겠다는 생각을 시적으로 진술하고 있다. 달리 말하면 계절이란 인식하는 사람의 의지에 달렸다는 점을 감각적 이미지를 등장시켜 표현하고 있다고 볼 수 있다. 서양의 시인이 이야기한 것처럼 겨울이 지나면 봄은 멀지 않는다는 진리를 최 시인 나름으로 형상화한 것이다. 이것 역시 봄의 특정한 날을 시적 공간으로 한 것 아니라 겨울이 지나면 봄이 온다는 물리적 현상을 시로 형상화했다는 점에서 앞의 시와 일맥상통한다.

내내 하얗기만 할 것 같은 오후의 햇살

길게 몸을 숙인 채 베란다를 서성이고

창문틀에 얇게 남은 따스한 잔별

채 마르지 않은 오늘을 펴 말린다

치익 칙 거리는 압력밥솥 소리
허기는 어느새 턱을 괴고 앉았고

무거워진 저녁을 밀고 쫓아온 피곤
하얀 쌀밥 냄새로 달랜다

베란다 밖
하나둘씩 켜지는 기억들
어깨 위에 걸터앉은 길었던 하루
툭툭! 털어낸다

–「하루 더하기」 전문

인용시 「하루 더하기」(제2부)는 최 시인의 감각적 이미지의 형상화 솜씨가 돋보이는 작품이면서 역시 평범한 일상을 형상화한 작품이다. 시적 화자는 저녁 무렵 압력밥솥으로 밥을 하면서 약간 시장기를 느끼며 귀가할 가족들을 기다리는 가정주부라고 볼 수 있다. 그런데 그 가정주부의 무료한 일상이 감정적 진술은 전혀 없이 감각적 이미지로 잘 드러나고 있다. 물론 사물에다 인격을 부여한 물활론적 인식은 어느 정도 가지고 있다. 자칫하면 진부해질 수 있는 인식이지만 최 시인의 경우는 그렇지가 않다는 것이 특징이자 최 시인이 가지고 있는 장점이다.

첫째 연에서는 오후의 햇살이 인격화되어 있다. 햇살이 하루 종일 하얗기만 했다는 표현은 시적 화자의 지루한 하루가 사물화되어 있다고 볼 수 있다. 이러한 인식은 둘째 연에서 더욱 심화되어 있다. 셋째 연과 넷째 연에서는 저녁 밥하는 압력밥솥을 등장시켜 시장기와 피곤함을 적절하게 제시하고 있다. 마지막 연에서는 이러한 무료함을 베란다 밖에서 켜지는 이웃집들의 불빛을 바라보면서 달랜다는 시적 화자의 인식을 적절하게 사물화하는 것으로 시를 마무리하고 있다.

> 마침표에 꽁꽁 묶인 새벽을 밀고
> 미등도 끄지 않은 버스가
> 울컥대며 멈춘다
>
> 너도 그러니?
> 나도 서럽다
>
> 누구,
> 어이없는 이 침묵을 위해
> 마스크 한 장만 적선하시죠
>
> 0.73°의 먹먹한 진실에
> 충혈된 아침
> 사라지지 않을 도돌이표 같은 질문들
> 오늘, 오늘 하루는 가려줘야지
>
> –「침묵의 온도」 전문

「침묵의 온도」(제2부)는 이 시집의 제목 속에 등장하는 물리적 언어인 '온도'가 제목 속에 등장하는 작품이다. 시적 화자는 새벽에 미등도 끄지 않은 채 거친 소리를 내며 멈추는 버스에다 자신의 서러운 마음을 이입시킨다. 따라서 이 시는 최 시인의 시 가운데는 드물게 시적 화자의 심리 상태 즉 서러움의 정서를 직접적으로 드러내는 작품이다. 그러나 그 서러움이 어디서 왔는지 그 정체를 시 속에서는 구체적으로 드러내지는 않는다.

이러한 시적 화자는 어떠한 억울함이나 예기치 않은 절망으로 침묵할 수밖에 없는 상황을 맞게 된다. 그래서 누구에게 침묵을 위해 마스크 한 장 달라고 호소한다. 그 마스크로 억울한 오늘 하루를 침묵으로 가리겠다는 진술로 이 시는 마무리된다. 이렇게 절망적인 상황에도 서러움을 드러내지 않고 침묵할 수밖에 없는 화자의 고통의 '온도'는 얼마나 될까? 하는 질문을 던지는 시가 바로 이 작품이다. 제목 속에 등장하는 '온도'라는 시어로 인하여 절망은 더 처절해진다고 볼 수 있다.

> 수신인 부담으로 날아든 위로는
> 새벽을 마신 긴 한숨 앞에 의미없이 쌓이고
>
> 캄캄한 미로, 그 끝으로 밀려가는 생각
> 곁가지를 뻗을수록 툭툭, 불거진다

밤은 들숨과 날숨을 들락거리며
어둠을 길들인 채 오늘을 닫지 못하고

파르스름 멍이 들 때까지
길고 깊은 한숨을 밤새도록 켜놓은 채
까만 하늘의 별들을 벌컥벌컥

그래, 힘들면 힘내지 않아도 괜찮아
그대로 조금 더 있어도 돼

뜬눈이 받친 새벽이 무거워질 때쯤
내뱉은 한숨을 거둬들이고…

–「푸른 밤의 적요」 전문

「푸른 밤의 적요」(제3부)는 상처받은 일로 인하여 뜬눈으로 밤을 지는 시적 화자가 등장하고 있다.

그러나 그 상처 때문에 뜬눈으로 지새는 밤은 최 시인의 특질인 감각적 이미지로 형상화된다. 우선 제목에서 '푸른'이라는 색채어가 등장하고, 다른 사람으로부터 위로받지 못함을 '수신인 부담 위로'라고 비유적으로 표현한다. 이어서 둘째 연부터 넷째 연까지는 잠 못 이루며 뒤척이는 것을 '밤'과 '별'로 사물화한다. 끝부분인 다섯째 연과 여섯째 연에서는 스스로 위로하는 것으로 상처를 극복한다. 이렇게 최 시인은 상처받은 것도 극복하는 자질을 가지고 있으며 그 과정을 감각적 이미지로 객관화하는 점에서 앞으로 더욱 좋은 시를 쓸 수 있는 가능성을 충분히 가지고 있다.

찬장 맨 아래 두 칸짜리 서랍 속
없는 게 없다는 엄마의 세월이 있다

하루를 끝낸 엄마의 손이 어김없이 찾는 곳
얇게 자른 빨간색 생고무 2줄 꺼내시며
-병원은 무슨, 내 손에는 이거 이상 없더라

질긴 고무장갑 수명처럼 손가락도 끄떡없다며
고단한 하루를 칭칭 동여맨다

내 손도 세월 가는 소리를 들었다
소염진통제 없이는 안된다는 손가락 관절치료

구멍 난 고무장갑이 진통제였다는 걸
어른이 되고서야 알았다

-「엄마의 서랍」 전문

최 시인의 시 가운데 타인이자 가족 즉, 어머니가 등장하는 시가 두 편 있다. 「나도 엄마처럼」(제1부)과 「엄마의 서랍」(제3부)이 그것이다. 그 가운데 「엄마의 서랍」에 대하여 살펴보기로 한다. 그런데 이 시 역시 엄마의 일상이 등장하여 최 시인의 시적 제재의 특성에서 멀어지지는 않는다. 손가락 관절염의 고통을 고무장갑을 잘라서 감는 것으로 극복한 어머니의 신산한 삶이 제시되면서 엄마와 나눈 구체적인 대화까지 등장시켜 시적 리얼리티를 살리는 것은 다른 작품에서 찾아보기 힘든 부분이다. 그런데 이 리얼리티가 어머니로 끝나지 않고 후반부에서는 손가락 관절염을 앓고 있는 시적 화자이자 딸의 일상과 겹쳐진다.

누구나 부모 나이가 되어봐야 부모 마음과 고통을 이해한다는 삶의 진리를 최 시인은 어머니의 서랍으로 사물화하고 있다는 데서 이 시의 진가가 드러난다고 볼 수 있다.

비가 그쳐
다행이다

밥통 꽂는 걸 깜빡하고 잤는데
아침에 햇반이 있어 다행이다

시큰거리던 허리가 별 탈 없어
다행이고

우리 보리 한쪽 눈은 괜찮다니
그저 고맙다

오늘은 진짜 가을 냄새가 난다

지구가 삐딱해서 참 다행이다

–「그냥 고마운 일」 전문

지금까지의 작품들이 평범한 일상 가운데 우울하거나 상처받은 것들이 시적 제재가 되어 그것을 고통스럽게 인식하고 있는 데에 비하여 「그냥 고마운 일」(제4부)은 낙관적이고 건강한 인식이 등장하고 있다. 사실 최 시인의 작품 가운데는 일상을 건강하게 인식한 작품들도 많다. 이 시에 등장하는 '밥통 꽂는 걸 잊은 것'과 '허리 아픈 것' 그리고 반려견으로 짐작되는 '보리 한쪽 눈 실명' 등은 다행스러운 일상은 아니다. 그러나 시적 화자는 큰 불행에 비하면 이런 사소한 불행은 다행으로 여기는 낙관적 면도 가지고 있다. 이 작품 역시 마지막 부분에서는 감각적 이미지가 등장한다.

사랑한다고 무작정
덤비니까 그렇지

늘 그렇게 상처받으면서

아랫입술부터 지그시
부드럽고 은은하게

그리곤, 천천히
후- 후- 후릅

–「아메리카노」 전문

최 시인의 이 시집에는 커피를 제재로 한 시가 이 시 「아메리카노」(제4부) 말고 「커피 더하기」(제3부)가 있다. 아마 최 시인은 커피를 즐겨 마시는 것 같다. 그런데 커피는 다른 음료와 달리 쓴맛을 즐기기 위하여 마신다. 그러나 감미료가 전혀 가미되지 않은 아메리카노는 마실 때마다 너무 쓰다는 것에 놀라기도 한다.

최 시인은 이런 놀람을 상처받는 것으로 감정이입을 하고 있다. 그러나 셋째 연과 넷째 연에서 그 쓴맛을 음미하면서 마시는 모습을 묘사하는 데서는 경쾌한 일상이 연상된다. 그리고 미각적 이미지에 의한 분위기도 느껴진다.

3

최 시인의 시에는 일상의 평범한 시간과 공간이 많이 등장한다. 그러나 일상의 배경이 우울한 데서 오는 절망적인 상황이나 상처가 드러나는 경우와 낙관적이고 경쾌한 정서를 동반하는 경우가 공존한다. 우울하거나 절망적인 것들로 인한 상처는 그 자체로 끝나지 않고 체념하거나 극복하는 방법으로 치유된다. 낙관적이고 긍정적인 일상의 경우에는 경쾌하고 자극적인 감각적 이미지의 구사로 독자들의 공감을 유도한다. 최 시인의 장점은 두 경향 모두 다 감각적 이미지를 적절하게 구사하여 시적 형상화에 성공하고 있다는 점이다.

다만 절망으로 인한 상처와 경쾌한 즐거움이 구체적으로

드러나지 않고 막연한 작품이 다소 보인다는 점에서는 아쉬움을 가지고 시를 이해하거나 감상할 수밖에 없다. 어쩌면 이 아쉬움이 앞으로 최 시인 스스로 해결해야 할 시적 과제일 수도 있을 것이라는 생각이 든다.